KB235120

바람, 너의 얼굴이
보고 싶구나

바람, 너의 얼굴이 보고 싶구나

박진훈 지음

이담 Books

엮으면서

누구에게나 자신을 일으켜 세울 수 있는 바람이 있다. 그 바람은 이리저리 흔들리고 정처 없이 떠돌아다닌다. 그러다 어쩌다 잠시, 바람이 갈 길을 멈춘다. 그리고 지나온 어지러웠던 생의 궤적을 기억해본다.

언젠가는
바람의 얼굴을 볼 수 있을 것이라고 생각하며
바람을 좇아 떠돌아다녔고
가끔, 바람의 얼굴을 보았다고 믿었던 때도 있었다.

그러나
바람은 아직도 자신의 얼굴을 보여주지 않고 있다.

그 안타까움과 그리움을 모아,
그 바람이 안고 있던 기억의 파편들을 모아

첫 시집을 수줍게 내밀어 본다.

  사실 등단한 지 오래돼서, 첫 시집을 낸다는 것이 쑥스럽기도
하고 더 좋은 작품을 써서 내야지 하는 마음이 많았다. 그러나
그렇게 마냥 세월을 붙잡고 있을 수가 없어서 시집을 출간하게
되었다.

  언제나 내 삶의 터전을 곱게 갈고닦아온 아내, 듬직한 두 아들
그리고 시를 쓰는 데 도움을 준 많은 지인들께 감사드린다.
  아울러 출판사 관계자 분께 감사의 인사를 올립니다.

2011. 7.

북한산 끝자락에서 이는 바람

목차

1부 바람의 얼굴

바람의 얼굴 (1) ▪ 11

해거름의 실루엣 ▪ 13

코스모스와 가을 ▪ 15

겨울 산 ▪ 18

들판은 늘, 빈 가슴이다 ▪ 20

젊은 예술가의 초상(肖像) ▪ 24

만학도 ▪ 26

상아탑 ▪ 27

추풍낙엽 ▪ 30

낙엽 따라 떠난 바람 ▪ 31

엉겅퀴 ▪ 34

징건한 나날 ▪ 38

병실(病室)에서 ▪ 40

포장마차 ▪ 42

가을 녘에서 ▪ 43

겨울연습 ▪ 46

바람의 자화상(自畵像) ▪ 49

2부 매미의 춤

매미의 춤 ▪ 53

들풀의 연가(戀歌) ▪ 56

비오는 날의 수채화 ▪ 58

갈매기의 꿈 ▪ 60

연어 ▪ 62

기러기 ▪ 64

복음의 메아리 ▪ 66

날개 잃은 바람개비 ▪ 68

갯벌 ▪ 70

가을보다 앞서 오는 겨울 ▪ 73

그대 그리고 나 ▪ 75

그림자 미학 ▪ 77

커피 한 잔 ▪ 78

부엉이 우는 밤 ▪ 80

그랜드캐니언 ▪ 81

돌의 미학 ▪ 83

사자(死者)의 노래 ▪ 84

궁핍한 시인의 노래 ▪ 85

이파리의 미학 ▪ 86

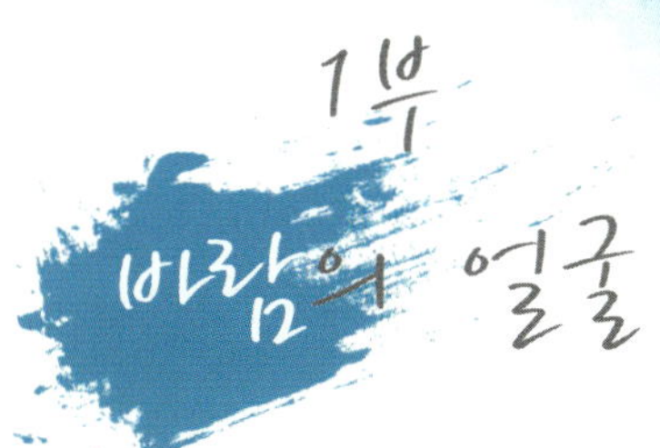
1부
바람의 얼굴

바람의 얼굴

오늘도,
무채색의 바람이 분다

감기는 세월의
더께로 깁는
속 날개의 떨림.

다시,
화려한 비상을 꿈꾸며…

속살 사이로
바람의 눈물이
흐르면

바람,

너의

얼굴이

보고 싶구나.

해거름의 실루엣

살아남기를 거부당한 명주바람이
窓밖에 힘없이 매달려 있다.
한 모금의 눈물은
결코 가슴으로 흐르지 않는 法이다.

사랑은 정녕, 아픔이 아니어라.

하늘이 접히고
해거름이 길게 드리워지면
알근달근한 바람의 저편에서
벌거벗은 나무가 생채기를 내며
잉태하는 나이테의 빛깔
아울러,

白紙로 남은 세월이 두려운

모세혈관들의 가녀린 떨림…

햇살을 등에 지고 매달린 나무굼벵이처럼

열심히 나의 그림자를 자르면서

성숙의 변주곡을 울리고 멀어져 가는

계절의 질타를 온몸으로 감싸 안고

나무가 우는 소리를 들으며,

속으로

따스한 바람의 무게를 키워나가야 한다.

남고 싶다.

떠남으로 하여…

코스모스와 가을

<I>

누울 자리 찾아
거리로 외출한 햇살이
한 살배기 아이가 칭얼대는
좌판상(商) 아낙네의
등허리에 얹혔다.

지친 다리 감싸는 몸뻬 속으로
겨울을 몰고 오는 바람이
떨며 서 있고,
돌아서는 계절의 발걸음
진분홍빛 웃음으로 맞이하며

하늘거리는 잎새,

첫 무서리에

술렁이다

그림자도 없이 흩어진다.

〈Ⅱ〉

길가에 늘어선 裸木

젖은 옷 벗어

잠자리 펼 때,

그리움을 머리에 이고

마른 잔가지가 근심처럼 늘어선 코스모스

황혼이 물들고, 코스모스 같은 좌판상 아낙의

하늘거리는 발걸음 따라

차마 잠들지 못하고, 마주 선 이파리에 머무는

하얀 바람의 그림자

마른 입술로
마른 입술로,
반만 열어놓는 가슴

여인의 房 안에 쌓이는
정갈한 언어
점점 야위며…
마른 눈물 자국
갈라지고 터진 잎새의 손등으로
그리움 되어 내려앉는 세월

窓에 기댄 바람
두 손 맞잡고
코스모스의 휘어지는 허리 감싸면서
그 여린 속대, 힘줄을 키운다.

겨울 산

소리 없이 흔들리며
텅 빈 들녘으로 내몰린 소슬바람,
그 바람의 반쪽 얼굴을 보기 위해
화려한 변신을 노래하는 여린 가슴은
많은 세월의 입김을
보듬고 있다.

오늘도 바람개비는 돌고
그녀를 따르는 여윈 그림자의
가슴앓이는 기다림으로 떨고 있다
생의 옷자락에 감기는 올 바람이
터지고 갈라진 볼에 다시 채찍을 휘두르면,
몸무게를 못 이겨 안으로 흔들리는

바람의 그림자
그 속에 얼비치는 회색 눈동자…

이른 아침
외로운 들 그림자를 거두고
산등성으로 기어오르는 햇살을 벗하며
마루에서 골짜기로 내려선 산곡풍(山谷風)
가늘고 긴 손톱을 다듬으며
그녀의 가슴을
오늘도
할퀴고 있다.

들판은 늘, 빈 가슴이다

〈Ⅰ〉

자식 같은 볏단
다리 자르는 낫 소리에 놀라
햇살에게 띄우는 미소 잃어
새털구름에 얹힌 허수아비…

어김없이,
時針은 타작마당을 훑고 지나간다

영근 꿈을 떨어 낸 볏짚
검부러기 되어
잠들지 못하는 벼의 까끄라기

버걱거리는 볏가리 추스르는 새벽,
일어서기 두려운 볏단은
질컥거리는 가슴의 무게 못 이겨
모로 돌아눕는다.

갈무리할 둥지 없어
아질아질하게 흔들리는 짚불,
허리 꺾인 들판의 잔주름 많은 얼굴
뒤척이는 슬픔 일깨우고
잘려나간 바람의 깃털을 줍는다.

깊게 패인 주름살 고랑 새로
낟알의 현기증이 일어도
거울 속의 나를 적바림 할 수 없는
만추(晚秋)의 햇살은,
텅 빈 들녘을 向해
언제나 빈 가슴을 내민다.

〈Ⅱ〉

세월을 이탈할 원심력(遠心力)을 지니지 못한
볏짚의 모공마다
사람들의 숨소리 차곡차곡 쌓이며
그리움을 기우는 우리는,
어둠이 찍힌 마디, 마디의 귀퉁이에
한 움큼씩 고독을 간직한 채
반쪽자리 웃음을 건넨다.

쭉정이의 눈물로 지키는 들판
속 빈 줄기의 못 다한 사랑
바람마저 맴돌다 지치면
돌아서는 산그늘의 발걸음…

그 겨울 속에서
들판은,
아려오는 마디의 끝동에서

애오라지, 떨켜의 몸짓으로
멈춰버린 생장점을
다독거린다.

봄이 되면 또, 내 가슴에
가는 못 자국이 수없이 박히리라.
그 아픔의 세월을 거쳐
정맥에서 뿌리째 빠져나가는 나의 자양분
그래도, 태양의 눈길과 함께
네 못 자국에 알곡이 피어나게 하리라.

언제나,
들판은 빈 가슴이다.

젊은 예술가의 초상(肖像)

　차가운 어둠이 가을바람처럼 땅거미로 내리는 황혼, 상
아탑의 하얀 길을 따라 걷는 걸음 사이로 오늘도 무채색의
바람이 분다. 또 다른 스티븐 디덜러스[1]가 곤피한 다리를
끌고 징건한 뱃속을 달래면서 비바람을 등지고 서 있다. 그
늘진 길목에 숨어있는 그녀의 환한 미소를 찾아 서성이며
지식에 다시 한 가닥 불꽃을 지피기 위해 시린 눈망울로 바
라보는 노(老)교수의 지친 어깨. 그 너머로 노란 국화의 화
심(花心)에서 풍기는 내음처럼, 젖은 나뭇가지에서 떨어지
는 물방울의 청순한 향기처럼 지식의 분수가 쏟아진다.

　돌아서는 강의실 밖, 가을 하늘의 정화(淨化)된 마음으로
맞이하는 늦가을 잿빛 정취가 허공에 머문다. 점점이 떠 있
는 등불 따라 저 멀리 돌아선 한 줄기 은빛 희망의 잔물결

---

1) 제임스 조이스의 소설 『젊은 예술가의 초상』에 나오는 주인공의 이름.

이 다시 가슴에 부서질 때, 도시는 누르스름한 안개 빛깔의 질긴 고독의 고치를 사방에 만들고 있다. 아직도 잠들지 못하는 날개 잃은 바람은 시멘트 도시에 온몸으로 부딪치며 밤새운다.

만학도

봄이 옷자락을 펄럭이며 여린 순(筍)에 입맞춤할 때, 뒤따라오는 꽃샘추위를 등에 걸머진 만학도가 상아탑의 문을 빼-꼼히 열었다. 그로부터 다시 학문과의 처연한 항해의 돛이 올랐다. 도서실 형광등 불빛이 자신의 정열을 태우다 스스로 산화하는 시간, 견고한 문을 나서는 마파람은 언제나 위태로운 행복을 가슴에 묻고 있었다.

비상을 꿈꾸는 속 날개의 떨림… 오늘도 속절없이 내 안의 바람은 일어서고, 바람이 끌고 갈 세월의 실루엣은 성당의 무거운 종소리가 되어 길게 흔들리고 있다.

상아탑

나를 둘러싼 숱한 바람 속에서도,
언제나 화려한 변신을 꿈꾸던 여린 가슴들…
희망을 버리고 떠난 바람의 얼굴을 보기 위해,
참으로 많은 세월의 눈물을
보듬고 있었다.

오늘도 바람개비는 돌고
나를 따르는 그림자의
가슴앓이는 여전히 기다림만 쌓여갔다.
그리하여 내 육신의 얽매임이
세월의 옷자락 속에서 자유롭지 못할 때,
내 안의 나는 떠도는 바람이고 싶었다.

돌이켜 보면, 아득히 멀기만 했던 그 갈증….
세월의 무게를 이기지 못하는 나이와
쌓인 그리움이 눈물 되어 흘러도
바람은 그녀의 얼굴을 보여주지 않았다.

두 해 그리고 절반 동안 시계추가 흔들리고…
때로, 그것은 깊은 밤 도서관을 휘감아 돌던 바람꽃의 외
로움으로,
가끔은, 지식의 화환(花環)을 목에 건 행복함으로
빈 가슴과 멍한 시신경을 추스르면서
시린 등줄기를 타고 내렸다.

아직도,
내가 끌고 가는 바람은
건강의 무게보다,
곤두서는 시신경의 불면과 익숙하다.

그럼에도, 내 생을 끌고 가는 학식의
연줄은 나를 추스르는 행복이었고

은은하게 넘쳐나는

희망은 가까운 곳에서

나에게 손을 내밀고 있었다.

이제는 어깨를 누르던 세월의 바람이

잠시 비켜 가는 황혼의 순간,

짙은 그리움으로 녹아 흐르는 저녁놀이 번진다

사랑스런 베아트리체와

두 손 꼭 잡고

마주 보는 붉은 저녁놀의 향연(饗宴)….

나를 꼬불꼬불한 하얀 길로 내몰던 바람이

그의 야위고 긴 손가락을 흔들면서

나를 감싸는 이 순간,

하염없이 떨리던 속 날개의 비상(飛翔)…

불혹을 넘긴 아해(兒孩)가

또 다른 출발점에 서서,

무지갯 빛 찬란한 내일을 마주한다.

추풍낙엽

살 랑 거 리 는

추 풍 의 그 림 자 따 라

날개를 달고

바람의 깃털처럼

떨어지는 이파리는

뭐라고 속삭이며

大 地 에 입 맞 춤 할 까?

낙엽 따라 떠난 바람

〈Ⅰ〉

가녀린 잎새
엽록체 속으로
흐르는 눈물
여윈 몸짓으로 돌아눕던 나날
울타리 조직으로 물드는
세월을 품는다.

첫눈 나리면 뒹굴던 잎새가
썩고,
우리는 나이 하나
땅속 깊이 묻고

바람의 더께를 가늠해본다

삭풍이 문지방 두드리는
동짓날 밤,
용숫바람의 끝을 부여잡고
화로의 재가 된
나이를 세어본다.

불꽃은
저 멀리서 야윈 눈빛으로 빛나고
나의 벗은 부스러진 시간의 재
허나, 재가 된 落葉은 낙엽이 아니기에
재의 분신을 보듬는다.

〈Ⅱ〉

부러진 겨울 가지
발끝에 밟히고,
샛바람이 갓밝이의 길목에서 서성이는
새벽 녘.

휘날리는 옷자락 부여잡고
삭아 가는 언어를 붙들면서
고독한 시인들의 이름을 부르다,
바람의 얼굴을 따라 나선다.

해면 조직 속으로
가득
눈물이 고인다.

黃土로 돌아가리라.

눈물의 실과를 거두려…

엉겅퀴

<Ⅰ>

자줏빛 깃대를 힘겹게 세우면

바람의 더께와 함께

멀리서 휘감기는 세월의 음성

슬픈 내 육신, 잎과 줄기의 털을 잘라내면

짙은 속눈썹 새로 젖어 들어

눈물처럼 솟아나는

스물여덟 개의

· · · ·

화　살　촉.

나를 흔드는 바람도

자신의 무게가 버거워
돌아눕는 곳,

태초에 잘린 희망의 잎자루
그물에 감긴 시린 가슴
맨발로 피 흘리며 지나가는 낯익은 사내
머리를 감싸는 여린 종소리는
고독의 상처,
그 기억을 지우며
자줏빛 애증(愛憎)의 꽃을 피운다

〈Ⅱ〉

거리의 나무들은
화려한 빛깔의 날개를 달고
서서히 깃털을 갈무리하는데…
흰색 수의(囚衣)를 걸친 달빛,

밤마다
때 절은 옷을 벗는다.

드러난 알몸에
소리 없이 가해진 天刑,
내가 지고 갈 십자가의 못 자국으로 돋아
퍼렇게 멍이 들고
굵은 채찍처럼 솟아나는 꽃잎의 언어
칼바람 끝으로 내몰리고 있다.

그래도, 반달은 휘영청 밝아
소록島의 어둠을 훌훌 털어 내고…
엉겅퀴의 무리진 눈물은
어둠 속에서,
그들만의 눈빛을 불러 모은다.

거센 여울목,
물안개 피면
안으로 깊게 패인 상처

보듬는 꽃잎 위로

강물처럼 진물의 향기가 흐른다.

징건한 나날

천트는 것만 같은 새벽
투미한 두뇌를 일깨워
자꾸 옹그리는 다리를 받치고
징건한 뱃속에
한 모금의 저린 눈물을 담으면서,

쥐대기한 손마디로
지다위하려는 입술 막으면
지릅뜨지 못하고 청처짐한 눈망울 속으로
쉬임 없이 지위지려는 육신

얼보이는 빛살을 부추기는 것은
무엇이며

어떤 모습으로 다가오나…

진둥한둥 흐르는 시간을 붙들며
지나간 그네의 발자국을 적바림한다.

돌아보면, 언제나 허우룩한 마음인데
고이기만 하는 회한(悔恨)의 눈물을 보듬고
찐더운 가슴으로
하루를 마감할
그날은 언제일까…?

병실(病室)에서

부처의 미소 앞에 두 손 모을 시간.
참담한 바람의 빛깔로 네게 다가와
몸에 돋는 피멍으로 일어서는 심한 빈혈증
임파선 사이사이로 빠져나가는 희망
상(傷)한 갈대처럼 여위는 육신 보듬고,
유형(流刑)의 땅끝에서 너를 지키는
어미의 떨리는 손길과
뜨거운 물방울의 무게 저울질하며
수십만 개의 흰 피톨 쏟아내고 있다.

정녕, 마르지 않는 눈물들이여…

피와 피를 잇는 生命의 줄기

골수(骨髓)에 이식되는 부활의 聖血로 흘러
저미는 가슴에 무수히 꽂히는 주사 바늘

파르라니 깎인 머리 젖히며
창(窓)밖 하늘의 한 줌 햇살 그리워
오늘도, 희망의 옷자락 움켜잡고
돌아, 누워
눈물 삼키는
격리 병실의 벽(壁).

포장마차

게딱지같이 늘어선 우리의 눈물자국
한 잔의 소주로 되살아오는 보금자리

흔들리는 섬과 섬,
술병 속으로
살포시
가라앉고 있다.

가을 녘에서

〈Ⅰ〉

새털구름 속으로 엾힌 하늘이
갈바람과 함께 외출하는 초가을,
한-숨도 잠들지 못하는 실핏줄과
비걱거리는 허리를 추스르는 아침
날개를 달지 못한 애매미처럼
햇살에게 띄우는 미소를 잃어버려
일어서기가 두려운 망막이
모로 돌아눕는다.

아질아질하게 흔들리는 초침(秒針)
뒤척이는 슬픔 일깨우면

대야에 비친 얼굴, 가지 많은 손금으로 훔친다.

잘려나간 바람의 깃털 줍고
때 묻은 웃옷을 걸치면
깊게 패인 주름살 고랑 새로 현기증이 일어도
거울을 마주하기 두려운
우리는,
물안개 빛 들녘을 향해
허한 가슴을 추스른다.

〈Ⅱ〉

나를 잃어 가는 연습(演習)
너를 잊어 가는 작업 속에서
레일을 이탈할 원심력(遠心力)을 지니지 못한
열차의 객차 칸마다
애증의 편린들 차곡차곡 쌓이면서

그리움을 기우는
우리는,
어둠이 찍힌 유리 窓 귀퉁이에
한 움큼씩의 고독을 간직한 채
반쪽짜리 웃음을 건넨다.

서로에게 못 다한 이야기는
겨울나무의 등걸을 타고
소근거리며
허공에 맴돈다.

겨울연습

〈Ⅰ〉

초가을 아침

바람결에 입 맞추고

햇살 따라 반짝이는

들풀과 잎사귀들의 화려한 떨림…

그 사이로

서늘하게 돌아눕는 무서리가

잔가지 사이로 그리움을 떨군다

마른 잎사귀 사이로

여우비가 내리고

짙은 山안개가 긴 손을 뻗으며

서-서히, ㅅ - ㅅ ㅎ
나뭇잎새의 물방울을
쓰 다- 듬 는 다

늦가을 햇살 마중나간 바람
잠든 나무 밑동 흔들며
여름의 뒷그림자 풀어놓으면
그 이야기 따라
나뭇잎 사이 ㅅ ㅇ 로
햇살과 바람이 빙빙 맴돈다

〈Ⅱ〉

성마른 가지 끝의
체관(体管) 속으로
힘없이 기어오르는 수액
그 길 따라

나이테의 그림자가 물든다

갈 곳 잃은 눈발이
바람꽃 따라 흔들리며
허공에, 고독한 서리를 풀어 놓으면
나이테 사이, ㅅ ㅇ
지난 나날의 그리움이 쌓인다

성에 낀 가슴에
희망이 살포시 기대면
얼음장 밑에서 봄을 노래하는
방울, ㅂ ㅇ, ㅂ ㅇ …
계절의 때 절은 옷고름을 풀어 헤친다

바람의 자화상(自畵像)

바람도 때로는 자신의 무게가 버거워

들녘을 헤매다 깊은 골짝을 찾아든다.

방황의 세월로, 흔들리기만 하는 가슴으로

방랑의 긴 여정을 마감하고 싶은 바람은

아직도 보이지 않는 포근한 눈길을 찾아

그 어느 곳인가를 온몸으로 부딪히고 있는 걸까?

바람도 멀미를 한다.

어질어질한 희망봉을 바라보며

또 다른 날의 방황을 준비해야 한다.

그것이 사랑이라는 이름이었다.

이젠 내 안에 있는 네가 목 놓아 울 차례다.

내 밖에 있던 나는 늘 안타까움과 안쓰러움으로
해진 세월의 옷자락을 붙들고 있었다.

그리고 길게 드리워진 망토의 그물 속에서
내 안의 네가
하얗고 긴 손가락을 내밀었다.
잠시 그렇게 우리는 흔들렸다.

이 질긴 고통의 세월을 넘어
나는 어떤 빛깔로
바람의 얼굴을
채색할 수 있을까?

2부
엄마의 춤

매미의 춤

〈Ⅰ〉

홀로

어둠 속에서 눈떠

낯선 동굴(洞窟) 속

햇살의 일곱 계단(階段)

기어 오르다,

바람 그림자

까맣게 나무 등걸 위에

멎는다.

젖은 날개

파닥이며

거문고 울음 여섯 줄로
내딛는
地上에서의
칠일…

〈Ⅱ〉

맑은 수액(樹液)으로
커 가는
작은 눈물,
가녀린 속 날개 접고
이슬 걸린 가지 끝으로
뻗는 두 손의
짧은 촉각
비바람에
떨리고 있다.

시린 눈빛마저
새털구름 속으로
잃어버리고

뽀얀 그물막(膜) 안에
잠긴
매미의 눈물은
달빛 숲 근처
아프게 맴돌다가
自身의 그림자만큼 한
하늘을
땅에 묻는다.

들풀의 연가(戀歌)

잠시 머무는 이슬비에

주름진 꽃받침 적시는 안개 빛깔 아침

하늘을 받들고 아우러져 사는 우리는

巨木의 그늘을 간직하지 못한 아픔 속에서

멍울 선 꽃망울로,

멍울 선 꽃망울로

닫힌 봉오리 열어보나

나이테를 깁을 힘없는 이웃처럼

뿌리혹 박테리아들을 걱정하며

한 번도 두 다리 펴고 잠들 수 없는

가는 꽃대를 추스른다.

보금자리 곁 화분을 애달픈 눈빛으로 삭이며

돌보는 이 없는, 허허벌판에 서서

서걱거리는 가슴을 추스르고

여린 목덜미로 마풍(麻風)을 버티고 나면

줄기마다 흐르는 눈물 방울이

리보솜 갈피 갈피에

분홍빛 달무리로 접히고…

깊은 밤, 허리를 저미는

센바람의 그림자 끝에서도

들풀은 來日의 태양을 꿈꾸며

신새벽,

새우잠을 털고 일찍 눈을 뜬다.

비오는 날의 수채화

그리움을 묻고 흐르는

江물이

엷은 파스텔화처럼 번지는

안개꽃 입술 위에

자욱한 수묵(水墨)으로 퍼진다.

일렁이는 물결의 옷자락 사이로

수국(水菊)이 물장구치며

햇살을 가르는 비바람

물 마루 따라 서성이다

수포(水泡)와 입맞춤으로 흔들리면

두고 온 섬(島)의 뒷그림자가

파문(波紋)인 양 어른거린다.

수평선 모서리에 기대 선

비에 젖은 바람살이

등을 보이고

흰구름 되어 날아오르며,

유년의 하늘을 물들이는 길목에서

갯내음 출렁이는

바닷가 물밑으로

걸어가고 있다.

갈매기의 꿈

소슬바람 저편에서 울리는

태풍에 밀려

물새들의 그림자 빠르게 날고,

해양(海洋)의 포물선 따라

해면을 넘나드는

짧은 부리와

푸른 회색의 머리

일어서는 마파람의 입술을

출렁이는 물결에 비비며

각질(角質)로 덮인 서로의 여린 가슴을 부여안고

빠르게 갈무리해 가는

바닷게들의 보금자리를 보면서

소금기 묻은 긴 날개를 퍼덕여 본다.

옷깃을 적시는 빗방울
流浪의 무게를 더하고
바람칼 끝에서 이는 하늬바람에
가슴 털을 갈무리한다.

굽이치는 파도에
파리한 언어들을 떨구면서
함초롬한 그리움과 질긴 해초(海草)의 노랫가락 따라
시린 등을 돌려, 飛上하는
서녘 하늘의 갈매기….

연어

휘돌아 감기는 물속

부유물(浮游物)로 남은 기억의 냄새는

잃어버린 소망의 먹이 찾아 떠돈다

그러다, 물살의 지릅뜬 눈길 마주치면

아가미 구석구석에 쌓인

노폐물 속으로 접히는 실어증(失語症)

살아 있음으로

헤엄쳐가고 있음으로 하여

물이끼에게 띄우는 어눌한 미소….

남대천에 석양(夕陽) 드리우고

밍근한 바람의 웃음 되살아날 때

황혼의 허릿살, 마디가 굵어진다

남회색 등줄기 따라

바다 내음의 자양분이 움틀거려

뜨거워지는 눈시울,

좁은 울타리에 갇힌

연어 떼가 끌고 가는 그림자

서풍(西風)의 모반과 함께

햇살에 길게 흔들리고…

눈물처럼 떨어지는 은백색 비늘의 떨림

붉은 구름의 무늬 되어 하늘을 맴돌고

세월을 역류(逆流)해 치솟아 오르던 시절

꿈꾸다,

모랫바닥에 짙은 녹갈색 배를 대고

자궁을 연다.

기러기

성에가 비수(匕首)를 놓고
날개를 접는 시간
눈발을 안아
허물 벗으려는 나이테
생채기를 내고 있다.

소리 없이 닫히는 하늘
속으로 한 줌 밀알 떨어져
북풍(北風)의 단절된 그림자
냇물로 가라앉는다.

구름 조각에 걸린 초승달
야윈 팔을 흔들며

그 앞을 지나는 이슬이
무너져 내리고 있었다.

옷을 벗는 나무들 사이로
서리가 힘 있게 일어서고,

기러기는 철 늦은 채비를 서둔다.

복음의 메아리

       – 밤의 송가(頌歌)

잠 못 이뤄 뒤척이는 두 마음 사이로

이는 마파람의 자락 끊으려

단정히 무릎 꿇은 어린 양(洋)처럼

모든 애증(愛憎)의 그림자 지우면서

흔들리는 갈대의 속죄함으로

믿음의 반석 위에 서게 하소서.

서럽도록 따스한 가슴 그리운 이 밤

진리(眞理)를 따르던 님들의 순결 본받아

신자(信者)의 향기 풍기는

한 송이 백합화(花)로 피어나게 하사

젖과 꿀이 흐르는 가나안 땅에

소망의 닻줄 내리게 하소서.

다가오는 아침, 나를 부인하고
당신의 십자가 따르게 하옵고
여리고 시린 가슴속으로
눈물의 실개울 만들어
힘없는 어깨 너머로 번민하는 이웃
사랑함으로
사랑의 수고로, 보듬어 주사
참 구원(救援) 얻게 하소서.

날개 잃은 바람개비

흔들리는 건 바람만이 아니다

날개 잃은 바람개비가
갈 길을 찾기 위해 흔들리고 있다

그대의 바람은
허공에서 어지럽게 흔들리며
바람개비의 그 넓이만 한
세상밖에 맴돌지 못한다.

하늘로 더 솟구치지 못하는
오색빛깔의 청룡열차는
바람을 안으로 가두는 법을 익히고 있다

아직도, 횃불을 꺼트린
프로메테우스가 바람의 끝에 매달려 있다.

갯벌

〈Ⅰ〉

먼지바람보다 더 빨리

기어 나와

촉각을 세우면

수평선 너머로

빠르게 다가오는 파도

그 청회색 눈물샘 속으로

일구는 정갈한 추억 …

구멍 숭숭 뚫린 가슴

일렁거리는 수파(水波)가

할퀴고 지나가면

방게는
조그만 가슴을 어루만지며
물결보다 더 빠르게
구멍 속으로 옴츠러든다

〈Ⅱ〉

햇살을 가리며 불어오는 회오리바람보다
가벼운 꿈의 무게를 가늠하며
가슴이 점점 허해가는 갯벌
소금기 묻은 촉수를 다시 가다듬는다

더듬이를 적시는 장맛비에
움푹 움푹 잘려나가는 모래톱처럼
그 스산한 세월을 버티어온
뻘과 뻘은
아낙네의 젖 내음이 사무쳐

질퍽한 가슴을 오므리며

질긴 해초(海草)들의 노랫가락을

해저(海底)에 묻는다

가을보다 앞서 오는 겨울

신새벽
이슬이 풀잎에 기대 쉰다
가장 늦게 하늘로 올라가는 방울 방울
고독의 그림자에 얼비치는 눈발
갈색 풀잎에 생채기를 내고 있다.

이른 아침
앙상한 가지 끝에
여린 발목으로 매달린
한 마리 까치
시린 가슴을
허공 속으로 빼꼼히 열어놓는다

가을 단풍보다 먼저 다가와

삭풍(朔風)에 걸린 초생달

야윈 팔을 흔들며

그 앞을 지나는 이슬이

무너져 내리면,

옷 벗는 나뭇가지

그 가지 끝에 머무는 서리가

속달거리는 겨울이야기

풀잎과 사랑을 더 키워가는 이슬 방울, 방울들

낙엽보다 먼저 떨어지는 설(雪) 방울…

그대 그리고 나

방에서 방으로
벽에서 벽으로
손끝에서 손끝으로
가슴에서 가슴으로
걸 어 가 는 발 자 국을 보았는가?

등 돌리면 남일세라
그 그리움에 지펴놓은 불꽃만
그림자로 새겨두고
하얗게 지새운 새벽
가슴에 담아 놓은 그대 향한 그리움
빈 방 가득하다.

그대 내 마음 흔들면

행여, 바람에 날릴세라

창밖

가지 끝에 매달린

애증의 그림자

하얀 밤을 밝히고

그대의 날개 속으로 날아가

청사초롱 등불을 켠다.

그림자 미학

　네게는 선행도 악행도 그들 속에 웅크리고 있는 추함도 없다 응달처럼 바람에도 흔들리지 않는 굳건함과 눈(目)과 눈(雪)을 포근히 감싸는 포용력, 그 회색의 아름다운 자태만 있을 뿐이다 그러다, 불빛에게 제 모습을 들키면 길고 짧은 여러 모습으로 자신을 내어주나 자신의 진정한 모습은 꼭꼭 숨기고 있다 상대방의 추한 모습을 들추어내며 즐기는 난폭한 햇살의 사디즘이 결코 없는 그대, 참 아름답다.

커피 한 잔

이른 아침,
한 잔의 차를 마신다.

무채색의 방울을 반쯤 채운 후
진한 갈색으로 남은 현실의 파편 두 스푼
달콤한 기억 두 스푼
그리고 하얗게 번져가는 희망 한 스푼
머그잔에 넣고
부드럽게 휘~젓는다

오늘도 커피향을 음미하며
현실을 보듬고, 기억과 희망의 관계에서 부드럽게 녹아
들었는지

아니면 어느 한쪽을 너무 고집해
관계의 미학을 무너뜨리고 있지 않은지
조심스럽게 홀짝거리며 맛을 본다.

부엉이 우는 밤

소리 없이
어두운 밤을
밝히는 파수꾼

행여 어둠에 묻힐세라
그리움을 지키는 지킴이

한 가지 끝의
그리움을 물고
다른 가지로 날아가
그 여린 가지 끝에
등불을 켠다.

그랜드캐니언

하염없이 굽이치는 자연의 손길
어느 뫼에서
날개 잃은 천사가
늦가을의 황량한 산자락을
소리 없이 어루만지고 있는가

아! 그대는
정녕, 백설의 그림자를 감싸고 도는
거대한 신전

좁은 가슴으로 맴도는 바람의 애증을 접고
안식 찾아 떠도는 영혼이
세월을 묻고 머무는 이곳,

찰나의 순간마저도 방향을 잃고 정지해 있는
영원무구한 천상천하의 성전

활짝 열리는 숨결
눈부시도록 찬연한 햇살을 안고
스스로 비켜간 영겁의 무게로
이내 가슴 저켠에 각인(刻印)되는
초연한 절경의
장엄함이여.

돌의 미학

강가의 돌은 바람과 물, 억새풀에게서 흔들리는 사랑의 묘미(妙味)를 배운다 그 돌의 가슴은 낮은 데로 임하는 자의 행복을 안고 있어 현자(賢者)다. 길가에 뒹구는 돌은 발길에 채여도 켜켜이 쌓인 먼지를 벗삼아 속닥거리고 큰 물방울이 온몸을 때릴 때에도 그 돌 속의 공기는 편안하다 스스로 자족할 줄 아는 자의 자유를 누리는 돌은 강자(强者)다. 방안의 수석(壽石)은 온몸을 온통 회색의 먼지와 온기로 덮여 있어 가슴이 따뜻하다 편하게 누울 자리를 아는 돌은 부자(富者)다

그래도, 모든 돌 속의 물방울은 영롱하고 그 무게 또한 같다.

사자(死者)의 노래

사자가 산자들을 불러 모으고
산자는 사자의 삶을 반추하기도 하며
산자들의 안부를 확인한다.
그러면서 산자는 사자와 추억의 궤적을 함께 더듬으며
사자의 삶의 빛깔들을 추슬러본다.

사자가 산자를 일깨워 불러 모은
산자의 축제 마당

산자들보다 사자가 더 기억되는 이곳
산자와 사자,
사자와 산자.
그들이 함께
망각의 강을 건너간다.

궁핍한 시인의 노래

타액에 코르티솔의 분비도 적어지는 세월

샛강의 여울목에 서서
휘날리는 바람의 옷자락을 부여잡으면
여위어 가는 언어는 불면(不眠)의 밤을 밝힌다.

詩의 바다 내음이 그리워

바람의 속살 사이로

눈물이 흘러내렸고

멍울 선 가슴속으로

어깨 죽지가 울먹였다.

이파리의 미학

이파리는 흔들리지 않을 때보다
흔들리며 햇살에 반짝일 때
줄기는 흔들리지 않을 때보다
여린 마음이 흔들리며 나부낄 때
살아있음과 아름다움을 동시에 느낀다.

가는 줄기마다
물관을 따라 흐르는 눈물이
오랜 나날
흔들리며 나부끼며
위로, 하늘로 올라가
자신을 아름답게 채색해 주는 바람과 햇살을 만나
꽃을 피운다

이파리와 꽃은
흔들리고 나부끼며 햇살에 반짝일 때
가장 아름답다.

박진훈 ———

1959년 출생
영문학 박사
시인, 번역가
다형문학상 수상 (소설부분)
〈시인정신〉 추천 신인상 수상
『너 거기 오래 있었구나』 ('시나라' 동인시집)

『교육실습일지』 (공저)
『젊은 예술가의 초상』 어휘 연구
『율리시스(Cliffs Notes 48)』 (공역)
『조이스와 타자관계』
『수능듣기 40회 실전모의고사』 (공저)

「『젊은 예술가의 초상』과 탈식민주의」
「『술라(*Sula*)』에 나타난 전복적 책략」
「『젊은 예술가의 초상』과 신부의 재현」
「지팡이의 모티프와 타자관계」

바람, 너의 얼굴이
보고 싶구나

초판인쇄 | 2011년 9월 15일
초판발행 | 2011년 9월 15일

지 은 이 | 박진훈
펴 낸 이 | 채종준
펴 낸 곳 | 한국학술정보㈜
주   소 | 경기도 파주시 문발동 파주출판문화정보산업단지 513-5
전   화 | 031) 908-3181(대표)
팩   스 | 031) 908-3189
홈페이지 | http://ebook.kstudy.com
E-mail | 출판사업부 publish@kstudy.com
등   록 | 제일산-115호(2000. 6. 19)

ISBN   978-89-268-2541-9 13810 (Paper Book)
          978-89-268-2542-6 18810 (e-Book)

이담 Books 는 한국학술정보(주)의 지식실용서 브랜드입니다.